EXIT

Le Deuxième Cercle

Bernard Werber
Alain Mounier

EXIT

Le Deuxième Cercle

Albin Michel

Du même auteur
aux éditions Albin Michel :

LES FOURMIS, 1991
LE JOUR DES FOURMIS, 1992
LE LIVRE SECRET DES FOURMIS, 1993
LES FOURMIS : LA BD, 1994
LES THANATONAUTES, 1994
LA RÉVOLUTION DES FOURMIS, 1996
LE LIVRE DU VOYAGE, 1997
LE PÈRE DE NOS PÈRES, 1998
L'EMPIRE DES ANGES, 2000
L'ENCYCLOPÉDIE DU SAVOIR RELATIF ET ABSOLU, 2000
L'ULTIME SECRET, 2001

Bandes dessinées
avec Alain Mounier

EXIT Tome 1
EXIT Tome 3

Couleurs : Sophie Dumas

22 rue Huyghens, 75014 Paris
ISBN 2-226-11474-2

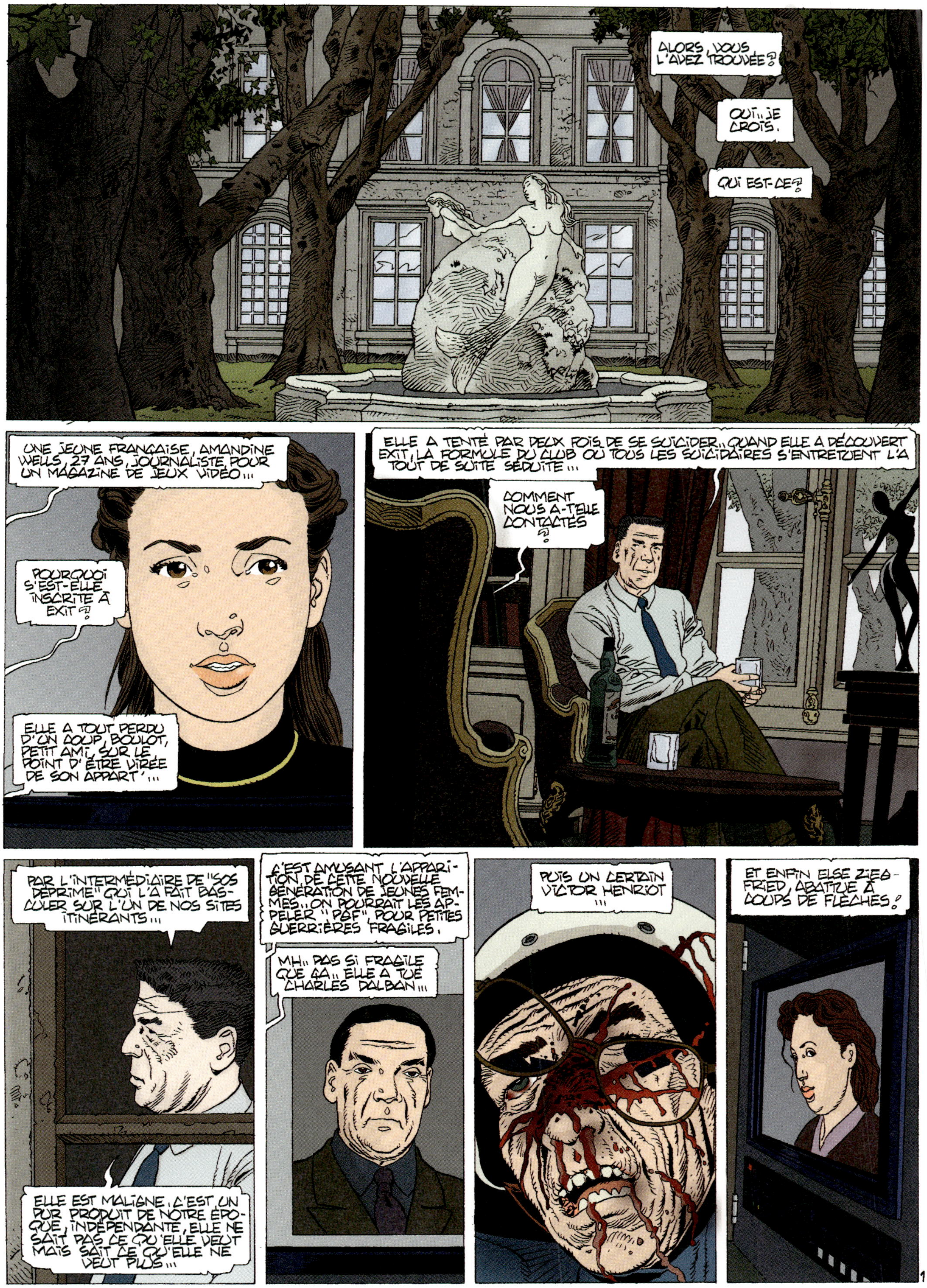
ALORS, VOUS L'AVEZ TROUVÉE ?
OUI... JE CROIS.
QUI EST-CE ?
UNE JEUNE FRANÇAISE, AMANDINE WELLS, 27 ANS, JOURNALISTE POUR UN MAGAZINE DE JEUX VIDÉO...
POURQUOI S'EST-ELLE INSCRITE À EXIT ?
ELLE A TOUT PERDU D'UN COUP, BOULOT, PETIT AMI, SUR LE POINT D'ÊTRE VIRÉE DE SON APPART'...
ELLE A TENTÉ PAR DEUX FOIS DE SE SUICIDER... QUAND ELLE A DÉCOUVERT EXIT, LA FORMULE DU CLUB OÙ TOUS LES SUICIDAIRES S'ENTRETUENT L'A TOUT DE SUITE SÉDUITE...
COMMENT NOUS A-T-ELLE CONTACTÉS ?
PAR L'INTERMÉDIAIRE DE "SOS DÉPRIME" QUI L'A FAIT BASCULER SUR L'UN DE NOS SITES ITINÉRANTS...
ELLE EST MALIGNE, C'EST UN PUR PRODUIT DE NOTRE ÉPOQUE, INDÉPENDANTE, ELLE NE SAIT PAS CE QU'ELLE VEUT MAIS SAIT CE QU'ELLE NE VEUT PLUS...
C'EST AMUSANT, L'APPARITION DE CETTE NOUVELLE GÉNÉRATION DE JEUNES FEMMES... ON POURRAIT LES APPELER "PGF" POUR PETITES GUERRIÈRES FRAGILES.
MH... PAS SI FRAGILE QUE ÇA... ELLE A TUÉ CHARLES DALBAN...
PUIS UN CERTAIN VICTOR HENRIOT...
ET ENFIN ELSE ZIEGFRIED, ABATTUE À COUPS DE FLÈCHES !

OÙ EST-ELLE ACTUELLEMENT ?
EN "VILLÉGIATURE" AU CHÂTEAU ESPÉRANDIEU, LÀ OÙ L'ON S'ENTRETUE EN TENUE MÉDIÉVALE...
ET COMMENT ÇA SE PASSE CHEZ LE BARON ?
C'EST UNE TUEUSE, ADROITE, RAPIDE, AVEC DES FACULTÉS D'ADAPTATION INCROYABLES MAIS QU'ELLE IGNORE ELLE-MÊME
ELLE SEMBLE S'ÊTRE FAIT UN AMI D'UN DÉNOMMÉ BENJAMIN VANLIEMPT
ELLE A DONC TROIS MORTS À SON ACTIF
OUI... ELLE FAIT DÉSORMAIS PARTIE DU DEUXIÈME CERCLE !
BIEN, SURTOUT NE LA PERDEZ PAS DE VUE.

EXIT

Le Deuxième Cercle

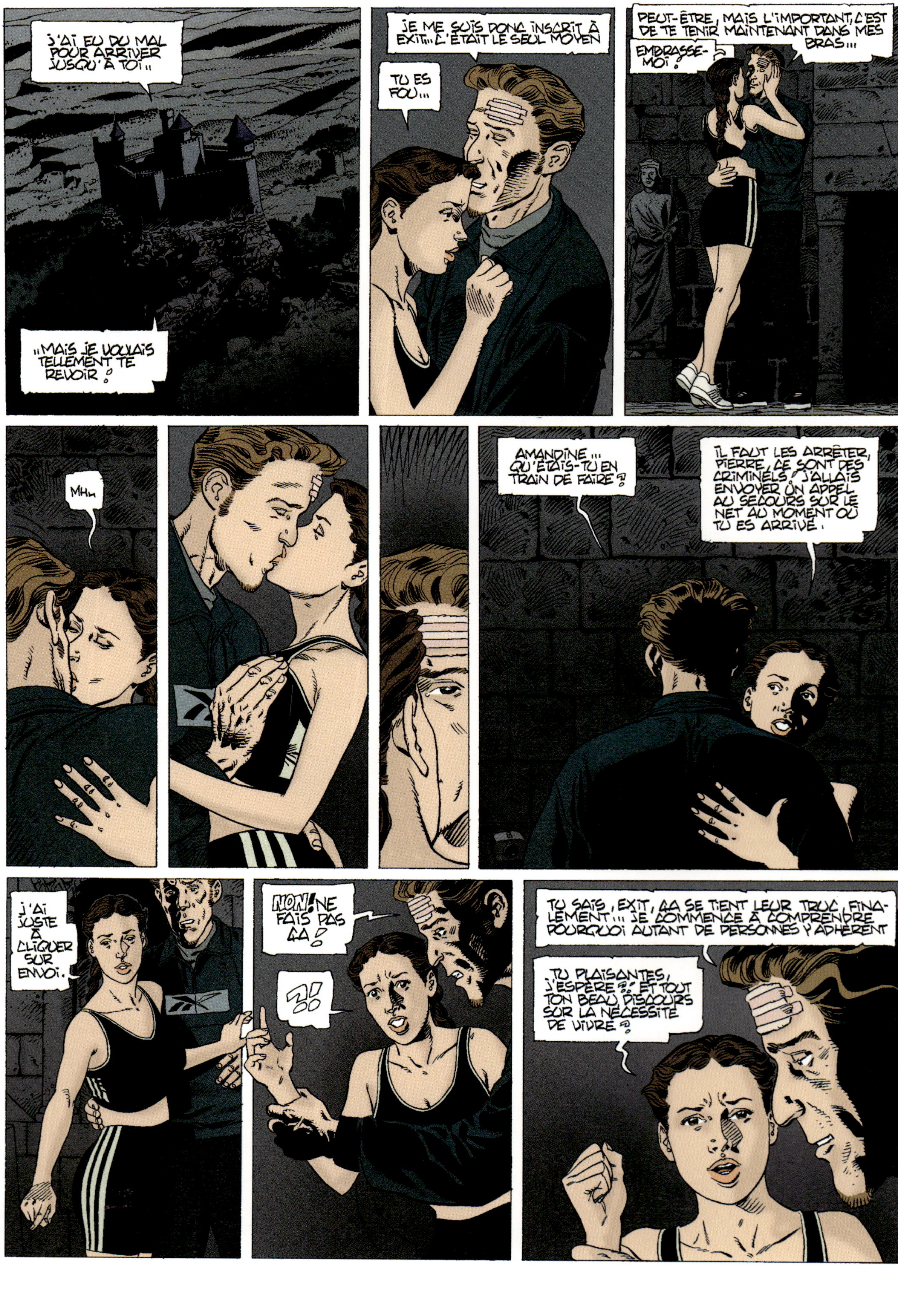
J'AI EU DU MAL POUR ARRIVER JUSQU'À TOI...
...MAIS JE VOULAIS TELLEMENT TE REVOIR !
JE ME SUIS DONC INSCRIT À EXIT... C'ÉTAIT LE SEUL MOYEN
TU ES FOU...
PEUT-ÊTRE, MAIS L'IMPORTANT, C'EST DE TE TENIR MAINTENANT DANS MES BRAS...
EMBRASSE-MOI !
MH...
AMANDINE... QU'ÉTAIS-TU EN TRAIN DE FAIRE ?!
IL FAUT LES ARRÊTER, PIERRE, CE SONT DES CRIMINELS. J'ALLAIS ENVOYER UN APPEL AU SECOURS SUR LE NET AU MOMENT OÙ TU ES ARRIVÉ.
J'AI JUSTE À CLIQUER SUR ENVOI.
NON! NE FAIS PAS ÇA !
?!
TU SAIS, EXIT, ÇA SE TIENT LEUR TRUC, FINALEMENT... JE COMMENCE À COMPRENDRE POURQUOI AUTANT DE PERSONNES Y ADHÈRENT
TU PLAISANTES, J'ESPÈRE ?! ET TOUT TON BEAU DISCOURS SUR LA NÉCESSITÉ DE VIVRE ?

LÂCHE-MOI, PIERRE !
JE NE PEUX PAS TE LAISSER FAIRE UNE BÊTISE QUE TU REGRETTERAS...
JE REGRETTE DÉJÀ... SI TU M'AIMES, LÂCHE-MOI !
AAAH L'AMOUR.
VITE ! LAISSE-MOI ENVOYER LE MESSAGE.
VOUS VOUS TROMPEZ, AMANDINE... PIERRE N'EN FERA RIEN, IL EST DES NÔTRES, À PRÉSENT.
JE CROIS QUE NOUS SOMMES ARRIVÉS À TEMPS...
N'AYEZ CRAINTE JE NE L'AURAIS PAS LAISSÉE FAIRE !
VOUS ÊTES TOUS CINGLÉS !
CALME-TOI... UN JOUR, TU ME REMERCIERAS.
ÇA M'ÉTONNERAIT.
PAUVRE NUL !
ATTENTION AU CHAT !!
KLIK !
MIÂÂW
TROP TARD ! CE STUPIDE FÉLIN A ENVOYÉ LE MESSAGE !
À QUI, EXACTEMENT, MLLE WELLS ?
NOUS ALLONS DEVOIR AVOIR UNE PETITE CONVERSATION...

QUEL EST-CE MYSTÉRIEUX VILLAGE QUE VOUS AVEZ CHARGÉ D'AVERTIR LA POLICE ?
DES AMIS...
JE M'EN DOUTE BIEN... MAIS POURRIONS-NOUS EN SAVOIR UN PEU PLUS ?
OH... QUE JE VOUS PRÉSENTE NOTRE PROFESSEUR D'HISTOIRE : HUBERT... C'EST LUI QUI NOUS A AIDÉ À MONTER CETTE SALLE DE TORTURE PLUS VRAIE QUE NATURE... UN VRAI MUSÉE !
ET J'AI APPRÉCIÉ LA VISITE, MERCI ! MAINTENANT, POUVEZ-VOUS ME DÉTACHER ?
S'IL VOUS PLAÎT...
HUBERT SE DEMANDE ENCORE SI SA MACHINE EST BIEN CONFORME AU MODÈLE DU PASSÉ... NE NOUS DONNEZ PAS L'OCCASION DE LE VÉRIFIER... LIVREZ-NOUS LES NOMS DE VOS AMIS D'INTERNET !
IMPOSSIBLE, JE NE CONNAIS QUE LEURS PSEUDOS...

DE TOUTE FAÇON, VOUS ÊTES FICHUS. LE MESSAGE A ÉTÉ ENVOYÉ... LA POLICE NE TARDERA PLUS.
QUANT À VOUS, MONSIEUR LE PROF D'HISTOIRE, JE PENSE QUE VOTRE CARRIÈRE DANS L'ÉDUCATION NATIONALE EST LARGEMENT COMPROMISE...
AÏE!
CONNAISSEZ-VOUS LES "LYCÉES À PROBLÈMES", COMME ON LES NOMME, MADEMOISELLE? ET L'ANGOISSE DE FAIRE FACE À TRENTE FAUVES DÉCHAÎNÉS? C'EST POUR CELA QUE JE DÉFENDS EXIT!
KLAK KLAK
FAITES DONC ENCORE UN PEU TOURNER LA ROUE, CHER HUBERT.
AYIII!
BIEN JOUÉ... VOS AMIS ONT ÉTÉ EFFICACES, SEMBLE-T'IL... PARCE QUE LA GENDARMERIE EST À NOS PORTES... MAIS NE VOUS FAITES PAS D'ILLUSIONS : MA FORCE DE PERSUASION EST SANS LIMITES!

BONSOIR, MONSIEUR LE BARON !
'SOIR...
BONSOIR, FRANÇOIS BONSOIR, MICHEL QUE PUIS-JE POUR VOUS ?
RIEN, SÛREMENT... MAIS UN MESSAGE PARVENU PAR INTERNET PRÉTEND QU'IL SE PASSE DES DRÔLES DE CHOSES, ICI.
AH AH ! DE DRÔLES DE CHOSES ? MAIS QUOI DONC ?
EN VÉRITÉ, NOUS PRÉPARONS LA RECONSTITUTION D'UN TOURNOI MÉDIÉVAL... D'AILLEURS, SI VOUS VOULEZ VOUS JOINDRE À NOUS...
HOLÀ NON, MONSIEUR LE BARON ! MERCI, MAIS ON EST EN SERVICE, ET ON N'A PAS FINI NOTRE TOURNÉE.
ET ON N'EST PAS EN AVANCE.
ALORS JE N'INSISTE PAS...
BONSOIR, MONSIEUR LE BARON, ET PARDON POUR LE DÉRANGEMENT.
C'EST ÇA... BONSOIR !
VRRM
ET VOILÀ... ÇA N'A PRIS QUE QUELQUES MINUTES...

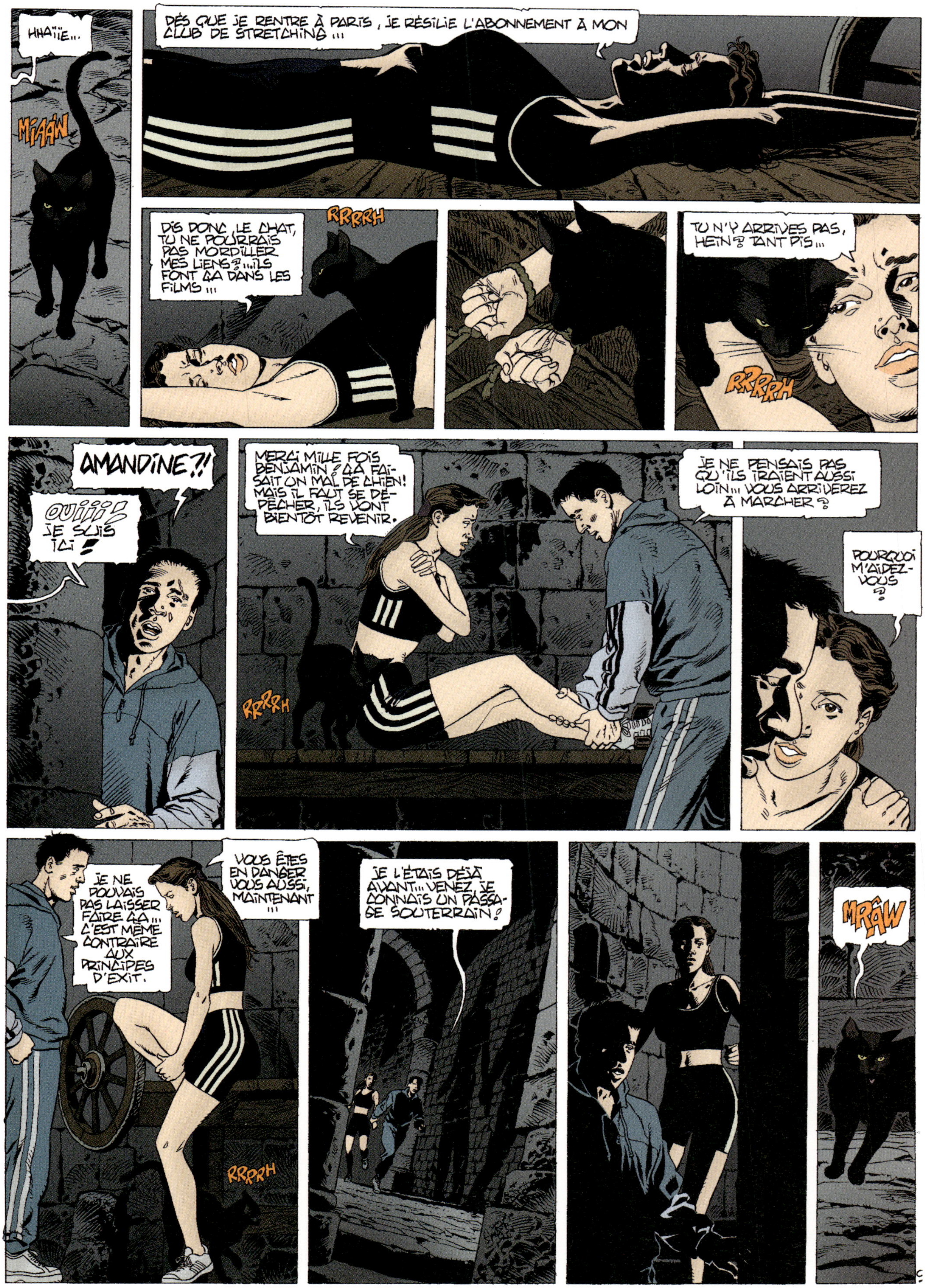

HHAÏÏE...
MIAAAW
DÈS QUE JE RENTRE À PARIS, JE RÉSILIE L'ABONNEMENT À MON CLUB DE STRETCHING...
DIS DONC LE CHAT, TU NE POURRAIS PAS MORDILLER MES LIENS ?... ILS FONT ÇA DANS LES FILMS...
RRRRH
TU N'Y ARRIVES PAS, HEIN ? TANT PIS...
RRRRH
AMANDINE ?!
OUIIII ! JE SUIS ICI !
MERCI MILLE FOIS BENJAMIN ! ÇA FAISAIT UN MAL DE CHIEN ! MAIS IL FAUT SE DÉPÊCHER, ILS VONT BIENTÔT REVENIR.
RRRRH
JE NE PENSAIS PAS QU'ILS IRAIENT AUSSI LOIN... VOUS ARRIVEREZ À MARCHER ?
POURQUOI M'AIDEZ-VOUS ?
JE NE POUVAIS PAS LAISSER FAIRE ÇA... C'EST MÊME CONTRAIRE AUX PRINCIPES D'EXIT.
VOUS ÊTES EN DANGER VOUS AUSSI, MAINTENANT...
RRRRH
JE L'ÉTAIS DÉJÀ AVANT... VENEZ, JE CONNAIS UN PASSAGE SOUTERRAIN !
MRÂW

OÙ EST-ON ?
VOUS ALLEZ VOIR...
!
BRMBL
BRRRMM
?
LES GENDARMES SONT PASSÉS... ILS N'ONT MÊME PAS DEMANDÉ À PERQUISITIONNER
PAR LÀ LA SORTIE !
REGARDEZ ! LE CHAT NOUS A SUIVIS... QUEL AMOUR... C'EST LUI QUI A ENVOYÉ LE MESSAGE, FINALEMENT...
ON NE DOIT PAS TRAÎNER ICI !
TU VEUX RESTER AVEC MOI ? ET SI JE T'APPELAIS KAFKA ? PARCE QUE DEPUIS QUELQUES TEMPS, J'AI L'IMPRESSION D'ÊTRE DANS UNE HISTOIRE À LA KAFKA...
VOUS AVEZ RAISON... C'EST EN MÊME TEMPS LE PROCÈS, LA MÉTAMORPHOSE, LE CHÂTEAU
DÉSOLÉ DE VOUS INTERROMPRE, MAIS VOUS N'IREZ PAS PLUS LOIN !

PIERRE ?!
MAIS... COMMENT ?
LE HASARD... ET IL A BIEN FAIT LES CHOSES, DEMI-TOUR ! LE BARON N'EN A PAS FINI AVEC TOI...
MIAW ?
YAAAH
?!!
!!!!!
!!!!!!
AAH !
TCHAK
ALLEZ ! GRIMPEZ SUR LE CHEVAL !
MAIS...
MRRFF
LES VOILÀ !
OOH...
NE VOUS OCCUPEZ PAS DE MOI, FONCEZ !
MERCI, BENJAMIN
CIAO, PIERRE
TONK
VIENS, LE CHAT, SAUTE !
OH LA LA... BONJOUR LA DESCENTE
17

WOAAA!
MESSIEURS, ELLE NE DOIT PAS NOUS ÉCHAPPER !
LÀ ! EN LONGEANT LA VOIE FERRÉE, J'AI UNE CHANCE
ON LA TIENT !
RIEN À FAIRE, ILS ME RATTRAPPENT
À MOINS QUE... CE TRAIN RALENTIT.
ACCROCHE-TOI, KAFKA !
ALLEZ, YAAAH ! ENCORE UN EFFORT
OH ! REGARDEZ !
MAIS ELLE EST FOLLE ! QU'EST-CE QU'ELLE CHERCHE À FAIRE ?

LA PORTE
OUVREZ
LA PORTE!
KLAK
KTAK
KLAK!
LA PORTE!
PAR ICI!
VITE!
AVANT LE TUNNEL!
DONNEZ-MOI
L'AUTRE
MAIN

INUTILE DE CONTINUER ! OU ELLE RÉUSSIT, OU ELLE Y PASSE ...
AAAH !
IIIIIIRH
NE ME LÂCHEZ PAS !!
HAN !
WCCCCF
EH BEN ...
PFFFFH
IL FAUT PRÉVENIR LES AUTRES ... ILS SAURONT QUOI FAIRE !
... VOUS NE PRENEZ JAMAIS LES TRAINS DANS LES GARES ?!
J'AURAIS PRÉFÉRÉ ... MAIS TOUT ÇA EST UN PEU COMPLIQUÉ À EXPLIQUER ...
... N'AVEZ-VOUS JAMAIS EU L'IMPRESSION DE VIVRE DES ÉVÉNEMENTS QUI NE VOUS SONT PAS DESTINÉS ?!
MAOU
TU AS RAISON, KAFKA, JE DEVRAIS ARRÊTER DE FUMER.
RRRH
MAIS AU POINT OÙ J'EN SUIS ...

BONJOUR ! CONTRÔLE DES BILLETS, S'IL VOUS PLAÎT
ET ZUT !
...EUH...
JE N'AI PAS DE BILLET !
MAIS JE PEUX TOUT VOUS EXPLIQUER... JE SAIS QUE ÇA VA VOUS PARAÎTRE COMPLÈTEMENT FOU, MAIS...
MERCI, MONSIEUR
CLAC
JE VIENS DE M'ÉCHAPPER D'UN CHÂTEAU, OÙ J'ÉTAIS RETENUE PRISONNIÈRE PAR UNE SOCIÉTÉ SECRÈTE, EXIT, ET...
ÉCOUTEZ, MADEMOISELLE, MON TRAVAIL C'EST DE CONTRÔLER LES BILLETS, ALORS, SI VOUS N'EN AVEZ PAS, CE SERA UNE AMENDE.
JE N'AI PAS D'ARGENT SUR MOI, MAIS JE VOUS EN PRIE, AVERTISSEZ LA POLICE ! IL Y A DES MILLIERS DE VIES EN DANGER !
ZIIIP
BIEN SÛR, C'EST CE QUE NOUS ALLONS FAIRE... PUIS-JE VOIR VOS PAPIERS, S'IL VOUS PLAÎT ?
TIENS, LE NOUVEAU ! VOUS TOMBEZ À PIC... PUISQUE VOUS ÊTES LÀ POUR APPRENDRE, MADEMOISELLE EST UN CAS INTÉRESSANT.
VRAIMENT ?
JUGEZ PLUTÔT : MADEMOISELLE EST UNE PRINCESSE D'EXIT TOUT JUSTE ÉVADÉE D'UN CHÂTEAU !
NON ?
SI !
HA! HA!
NE VOUS INQUIÉTEZ PAS, CHER COLLÈGUE, JE CROIS QUE JE VAIS POUVOIR M'EN CHARGER
?!?
TOMP!
BONJOUR MADEMOISELLE WELLS.

OOH NON...
HNG!
TOMP
AAH
POURQUOI ?!
VOUS NOUS CAUSEZ BIEN DES TRACAS, MADEMOISELLE.
IL SEMBLE QUE VOUS AYEZ TRANSGRESSÉ QUELQUES RÈGLES ESSENTIELLES D'EXIT... NON ?
ALORS, RÉCAPITULONS : QUELLE EST LA DEUXIÈME LOI ?
NE.. NE JAMAIS PARLER D'EXIT.
PARFAIT. ET QUELLE EST LA PREMIÈRE ?
ON.. ON PEUT TUER.. OU ÊTRE TUÉ PAR TOUS LES AUTRES MEMBRES
OH!
MERCI ! L'ARME ÉTAIT VIDE, MAIS MAINTENANT ELLE EST PLEINE DE VOS EMPREINTES.
VOUS ALLEZ ME TUER, N'EST-CE PAS ?
VOUS VOUS ÊTES BIEN INSCRITE À EXIT POUR MOURIR, PAS VRAI ? VOUS VOUS ÊTES BIEN AMUSÉE, MAIS LA PARTIE EST À PRÉSENT TERMINÉE !
JE NE VEUX PLUS MOURIR
QUI ÊTES-VOUS VRAIMENT ?!
VOUS AIMEZ JEAN DE LA FONTAINE ? JE RÉCITE TOUJOURS UNE FABLE À MES FUTURES VICTIMES... CHOISISSEZ !
!!
C'EST TOUJOURS LA MÊME CHOSE... LE PROBLÈME DU CHOIX. LES GENS NE SAVENT PAS CE QU'ILS VEULENT... HEUREUSEMENT, NOUS SOMMES LÀ POUR LES AIDER À SE DÉCIDER.

TAP!
ÇA NE FAIT RIEN. JE LES CONNAIS TOUTES PAR COEUR. QUE DIRIEZ-VOUS DU "LOUP ET L'AGNEAU" ? ELLE ME SEMBLE PARFAITEMENT DE CIRCONSTANCE... JE COMMENCE : "LA RAISON DU PLUS FORT EST TOUJOURS LA MEILLEURE. NOUS L'ALLONS MONTRER TOUT À L'HEURE... UN AGNEAU SE DÉSALTÉRAIT DANS LE COURANT D'UNE ONDE PURE" ...
..."UN LOUP SURVINT À JEUN QUI CHERCHAIT L'AVENTURE ET QUE LA FAIM EN CES LIEUX ATTIRAIT"...
JE PRÉFÈRE HAN!
OUCH!
..LE CHAT..
HMPF...
MAOU?!
BOTTÉ!
MRRAAW
AAAH!
AU SECOURS
À L'AIDE!
"QUI TE REND SI HARDI DE TROUBLER MON BREUVAGE, DIT CET ANIMAL PLEIN DE RAGE ?"
"TU SERAS CHÂTIÉ DE TA TÉMÉRITÉ !"
MRÂÂW!

ARRÊTEZ-LE!
?!
"SIRE, RÉPOND L'AGNEAU, QUE VOTRE MAJESTÉ NE SE METTE POINT EN COLÈRE"
"TU LA TROUBLES, REPRIT CETTE BÊTE CRUELLE!"
"COMMENT L'AURAIS-JE FAIT, SI JE N'ÉTAIS PAS NÉ?"
"SI CE N'EST TOI, C'EST DONC TON PÈRE!"
"LÀ-DESSUS AU FOND DES FORÊTS, LE LOUP L'EMPORTE SANS AUTRE FORME DE PROCÈS"
OH NOON
SKRIIIIIIIIIIII
LE TRAIN... IL RALENTIT!
18

ON ARRIVE DANS UNE GARE !
MAINTENANT !
OUCH !
EH BIEN, MADEMOISELLE ? OÙ COUREZ-VOUS COMME ÇA ?
SKRIIIIIIIIII
SI VOUS SAVIEZ COMME JE SUIS CONTENTE DE VOUS VOIR !
BON... REPRENONS, VOULEZ-VOUS ?
POLICE
PO

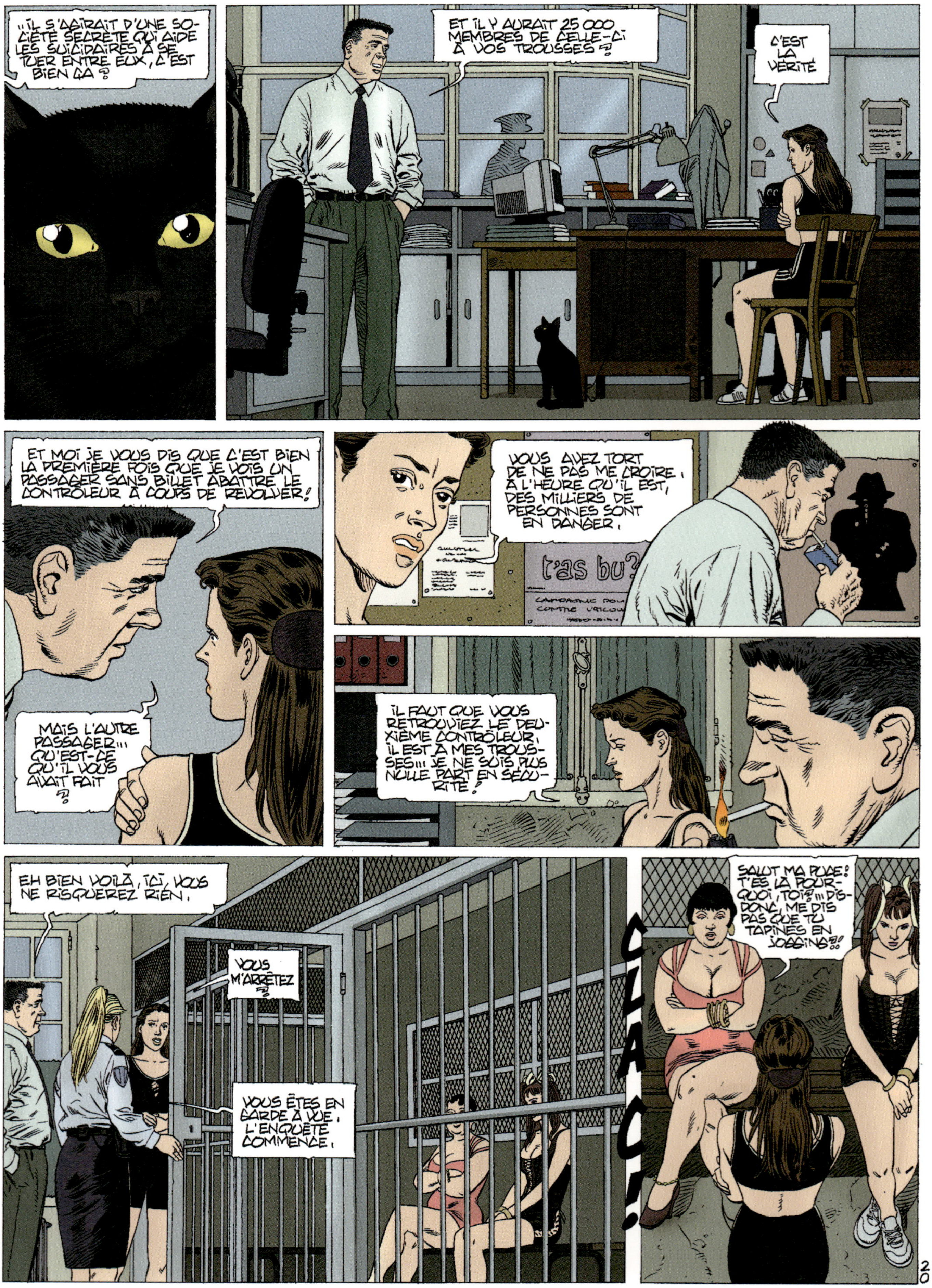

...IL S'AGIRAIT D'UNE SOCIÉTÉ SECRÈTE QUI AIDE LES SUICIDAIRES À SE TUER ENTRE EUX, C'EST BIEN ÇA ?
ET IL Y AURAIT 25 000 MEMBRES DE CELLE-CI À VOS TROUSSES ?
C'EST LA VÉRITÉ
ET MOI JE VOUS DIS QUE C'EST BIEN LA PREMIÈRE FOIS QUE JE VOIS UN PASSAGER SANS BILLET ABATTRE LE CONTRÔLEUR À COUPS DE REVOLVER !
MAIS L'AUTRE PASSAGER... QU'EST-CE QU'IL VOUS AVAIT FAIT ?
VOUS AVEZ TORT DE NE PAS ME CROIRE. À L'HEURE QU'IL EST, DES MILLIERS DE PERSONNES SONT EN DANGER.
t'as bu?
IL FAUT QUE VOUS RETROUVIEZ LE DEUXIÈME CONTRÔLEUR. IL EST À MES TROUSSES... JE NE SUIS PLUS NULLE PART EN SÉCURITÉ !
EH BIEN VOILÀ, ICI, VOUS NE RISQUEREZ RIEN.
VOUS M'ARRÊTEZ ?
VOUS ÊTES EN GARDE À VUE. L'ENQUÊTE COMMENCE.
CLAC !
SALUT MA PUCE ! T'ES LÀ POURQUOI, TOI ?... DIS-DONC, ME DIS PAS QUE TU TAPINES EN JOGGING ?!

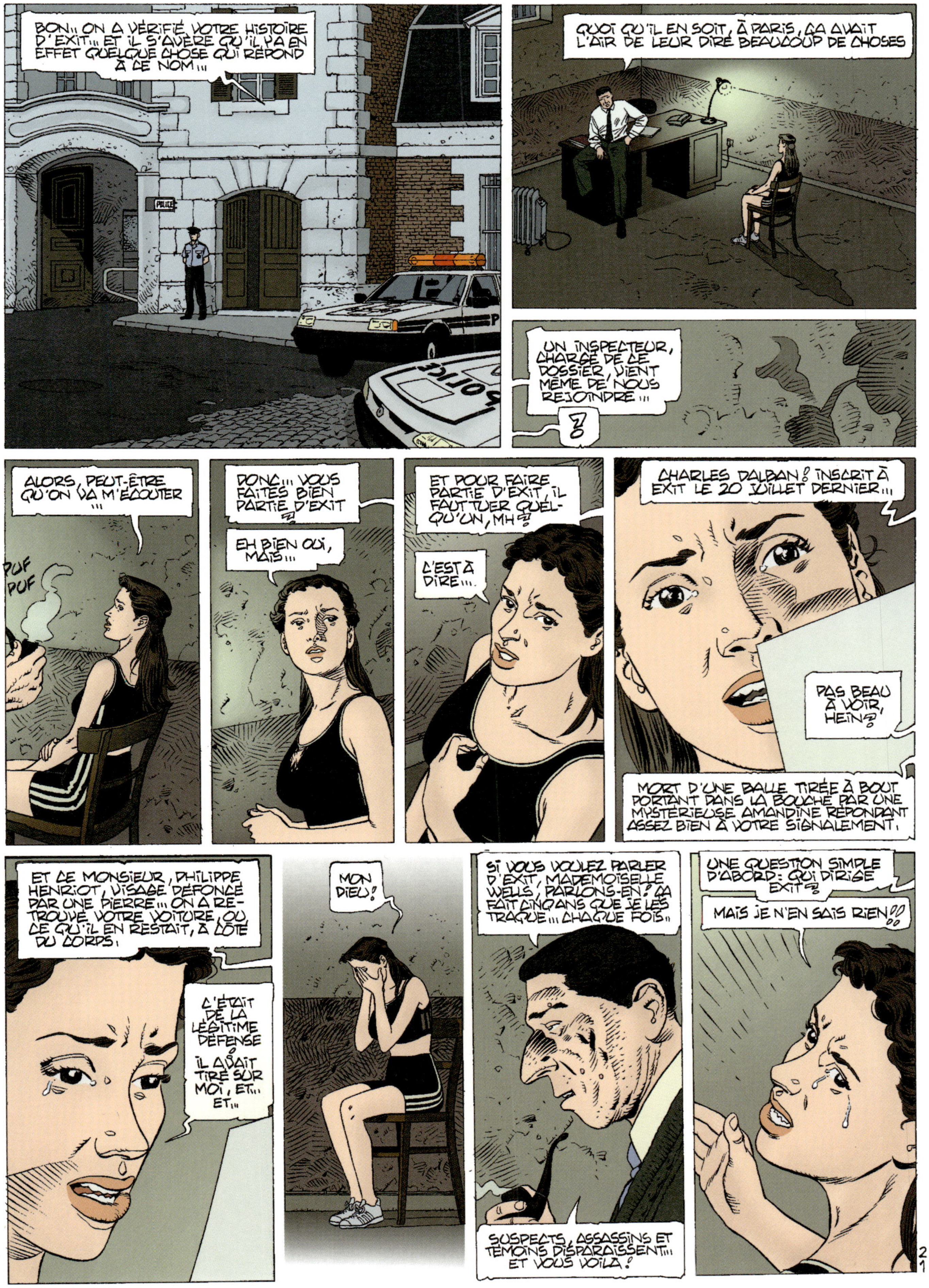
BON... ON A VÉRIFIÉ VOTRE HISTOIRE D'EXIT... ET IL S'AVÈRE QU'IL Y A EN EFFET QUELQUE CHOSE QUI RÉPOND À CE NOM...
POLICE
QUOI QU'IL EN SOIT, À PARIS, ÇA AVAIT L'AIR DE LEUR DIRE BEAUCOUP DE CHOSES
UN INSPECTEUR, CHARGÉ DE CE DOSSIER, VIENT MÊME DE NOUS REJOINDRE...
?
ALORS, PEUT-ÊTRE QU'ON VA M'ÉCOUTER ...
PUF PUF
DONC... VOUS FAITES BIEN PARTIE D'EXIT ?
EH BIEN OUI, MAIS...
ET POUR FAIRE PARTIE D'EXIT, IL FAUT TUER QUELQU'UN, MH ?
C'EST À DIRE...
CHARLES DALBAN ! INSCRIT À EXIT LE 20 JUILLET DERNIER...
PAS BEAU À VOIR, HEIN ?
MORT D'UNE BALLE TIRÉE À BOUT PORTANT DANS LA BOUCHE PAR UNE MYSTÉRIEUSE AMANDINE RÉPONDANT ASSEZ BIEN À VOTRE SIGNALEMENT.
ET CE MONSIEUR, PHILIPPE HENRIOT, VISAGE DÉFONCÉ PAR UNE PIERRE... ON A RETROUVÉ VOTRE VOITURE, OU CE QU'IL EN RESTAIT, À CÔTÉ DU CORPS.
C'ÉTAIT DE LA LÉGITIME DÉFENSE IL AVAIT TIRÉ SUR MOI, ET... ET...
MON DIEU !
SI VOUS VOULEZ PARLER D'EXIT, MADEMOISELLE WELLS, PARLONS-EN ! ÇA FAIT CINQ ANS QUE JE LES TRAQUE... CHAQUE FOIS...
SUSPECTS, ASSASSINS ET TÉMOINS DISPARAISSENT... ET VOUS VOILÀ !
UNE QUESTION SIMPLE D'ABORD : QUI DIRIGE EXIT ?
MAIS JE N'EN SAIS RIEN !!

ILS UTILISENT INTERNET. VOUS DEVRIEZ RE-MONTER LEUR SITE INFORMATIQUE ...
ON NE TROUVE JAMAIS LEUR SITE !
IL EST ITINÉRANT. CE N'EST PAS UN SITE, C'EST UN VIRUS ! IL TRANSITE PAR LES E-MAILS, IL SE RÉPAND À TRAVERS LES "CARNETS D'ADRESSES", FONC-TIONNE QUELQUES HEURES, PUIS DISPARAIT POUR RÉAPPA-RAITRE AILLEURS.
JE N'AI JAMAIS ESSAYÉ DE LES RECONTACTER !
JE NE SUIS PAS DUPE, MADEMOI-SELLE ...
VOTRE NUMÉRO DE PETITE FILLE NAÏVE NE PREND PAS DU TOUT !
MAIS...
JE DIS LA VÉRITÉ !
PFFFH
MENSON-GES !
DEMAIN, VOUS SEREZ TRANSFÉRÉE À LA MAISON D'ARRÊT...
...CELA DEVRAIT VOUS RENDRE PLUS COOPÉ-RATIVE !
RRRH
BONSOIR, MERCIER JE ME CASSE !
'SOIR !

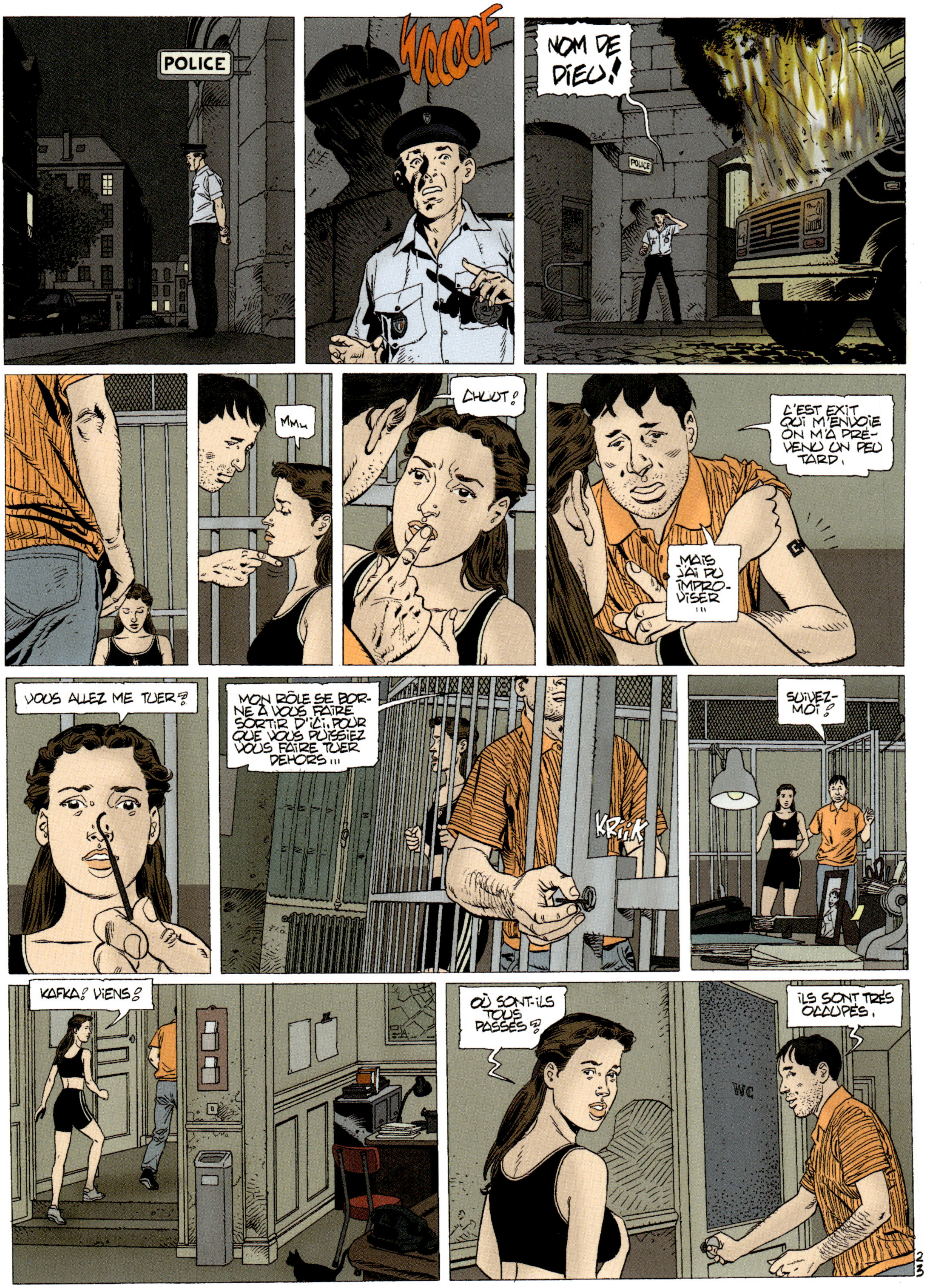
POLICE
WOOOF
NOM DE DIEU!
POLICE
MMM
CHUUT!
C'EST EXIT QUI M'ENVOIE ON M'A PRÉVENU UN PEU TARD.
MAIS J'AI PU IMPROVISER...
VOUS ALLEZ ME TUER?
MON RÔLE SE BORNE À VOUS FAIRE SORTIR D'ICI, POUR QUE VOUS PUISSIEZ VOUS FAIRE TUER DEHORS...
KRIIK
SUIVEZ-MOI!
KAFKA! VIENS!
OÙ SONT-ILS TOUS PASSÉS?
ILS SONT TRÈS OCCUPÉS.
WC

FCHHH
POL
JE PASSE D'ABORD.
!
HMPF
AÏE!
JE... JE PEUX ME LÂCHER?!
?!
IL EST PARTI?!
ARRÊTE-TOI. JE T'EN PRIE!
VRAAAP
PARIS?! DÉSOLÉE, JE NE VAIS PAS SI LOIN... MAIS JE PEUX TE RAPPROCHER, ET TE PROPOSER UN ABRI POUR LA NUIT...

ET BIEN...
...LAISSE-MOI TE DIRE QUE TON HISTOIRE EST VRAIMENT INCROYABLE !
VRAPVRAAP
EN TOUT CAS, NE CRAINS RIEN... IL N'Y A PERSONNE QUI NOUS SUIT.
VRAAVRAP
SKRIIK
ENTRE ! TU ES CHEZ TOI... LE TEMPS QU'IL FAUDRA...

ICI, TU ES LIBRE. FAIS CE QU'IL TE PLAIT... TANT QUE TU N'EMBÊTES PERSONNE, PERSONNE NE T'EMBÊTERA.
'SOIR...
IL Y A UNE CHAMBRE, À L'ÉTAGE.. FAUT JUSTE AÉRER ET METTRE DES DRAPS.
VOILÀ, VOUS SAVEZ TOUT... J'AI TOUT PERDU : MON COPAIN, MON BOULOT, MON APPART... LA POLICE ME RECHERCHE ET 25 000 PERSONNES AU MOINS VEULENT ME TUER !
DIS DONC, TU SERAIS PAS UN PEU MYTHO ?
J'AIMERAIS BIEN.. MAIS PARTOUT OÙ IL Y A DES GENS DÉPRESSIFS, PARTOUT OÙ IL Y A DES ORDINATEURS, J'AI PEUR.
ALLEZ ALLEZ ! STOP À LA PARANO ! ICI, DE TOUTE FAÇON, ON N'EST PAS DU GENRE CYBERBRANCHÉ STRESSÉ.
OUAIS.. ON DOIT ÊTRE DE VRAIS DINOSAURES, PARCE QU'ON N'A MÊME PAS LA TÉLÉ !
JE CROYAIS QUE DES GENS COMME VOUS, ÇA N'EXISTAIT PLUS !
BIEN... TU VAS GOÛTER NOTRE PETIT CALVA, ON LE FAIT NOUS-MÊMES... ET C'EST EXCELLENT CONTRE LES IDÉES NOIRES !
SANTÉ !

HHHH ?!!
CHOUT ! C'EST MOI... VOUS NE DEVEZ PAS RESTER ICI... VOUS ÊTES EN DANGER !
TENEZ !
MAIS ...
...
ALORS, QU'EN PENSES-TU, KAFKA ?... ET ILS DISENT QUE JE SUIS PARANO !
KRRR
SO...
WHAT
MRÂW

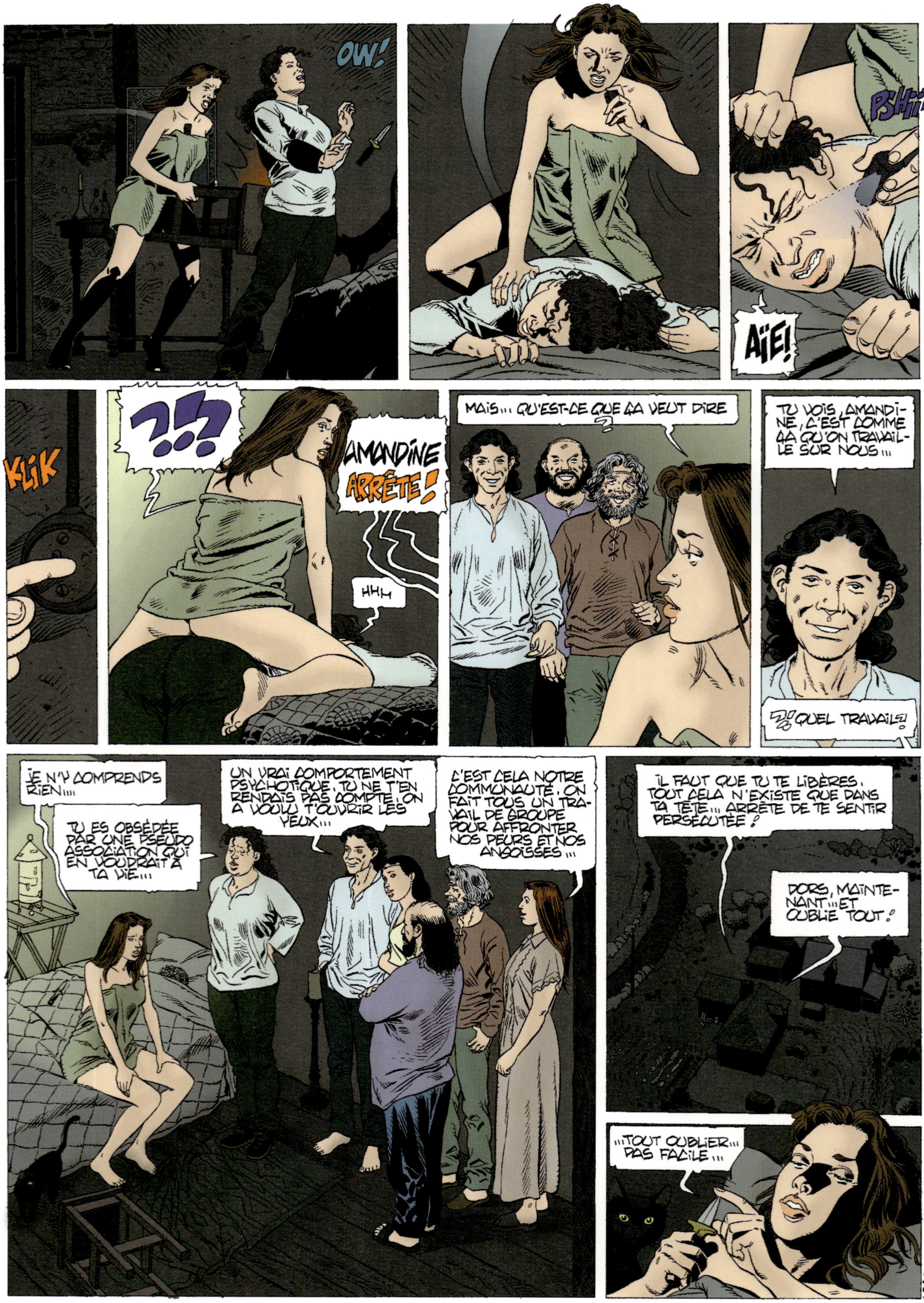
OW!
PSHIT
AÏE!
KLIK
???
AMANDINE ARRÊTE!
HHH
MAIS... QU'EST-CE QUE ÇA VEUT DIRE
TU VOIS, AMANDINE, C'EST COMME ÇA QU'ON TRAVAILLE SUR NOUS...
QUEL TRAVAIL!
JE N'Y COMPRENDS RIEN....
TU ES OBSÉDÉE PAR UNE PSEUDO ASSOCIATION QUI EN VOUDRAIT À TA VIE...
UN VRAI COMPORTEMENT PSYCHOTIQUE. TU NE T'EN RENDAIS PAS COMPTE. ON A VOULU T'OUVRIR LES YEUX...
C'EST CELA NOTRE COMMUNAUTÉ. ON FAIT TOUS UN TRAVAIL DE GROUPE POUR AFFRONTER NOS PEURS ET NOS ANGOISSES...
IL FAUT QUE TU TE LIBÈRES. TOUT CELA N'EXISTE QUE DANS TA TÊTE... ARRÊTE DE TE SENTIR PERSÉCUTÉE!
DORS, MAINTENANT... ET OUBLIE TOUT!
...TOUT OUBLIER... PAS FACILE...

MON PAUVRE KAFKA, J'EN SUIS À UN POINT OÙ JE TROUVERAIS RASSURANT DE ME CROIRE FOLLE...
MAIS JE SAIS BIEN CE QUE J'AI VU...
RRHHRHH
BON, D'AC-CORD, PIERRE, JE L'AI CRU MORT, ET IL NE L'ÉTAIT PAS !
MAIS DALBAN ...
...ET LE MOTARD...
EUX LE SONT BIEN, SANS LE MOINDRE DOUTE...
QUANT AU CHÂTEAU... LES FLICS NE M'ONT RIEN DIT À SON SUJET. COMMENT CROI-RE QU'ON PEUT S'ENTRETUER À CIEL OUVERT COMME ÇA... ET LES CORPS ? TOUS CES MORTS, C'EST INCONCEVABLE
SCHKLANG
TU CROIS QUE J'AURAIS PU ÊTRE ABUSÉE ? QUE TOUT NE SERAIT QU'UN SIMULACRE, UN JEU AVEC EFFETS SPÉCIAUX ET SACS D'HÉMO-GLOBINE ?
J'AIMERAIS BIEN...

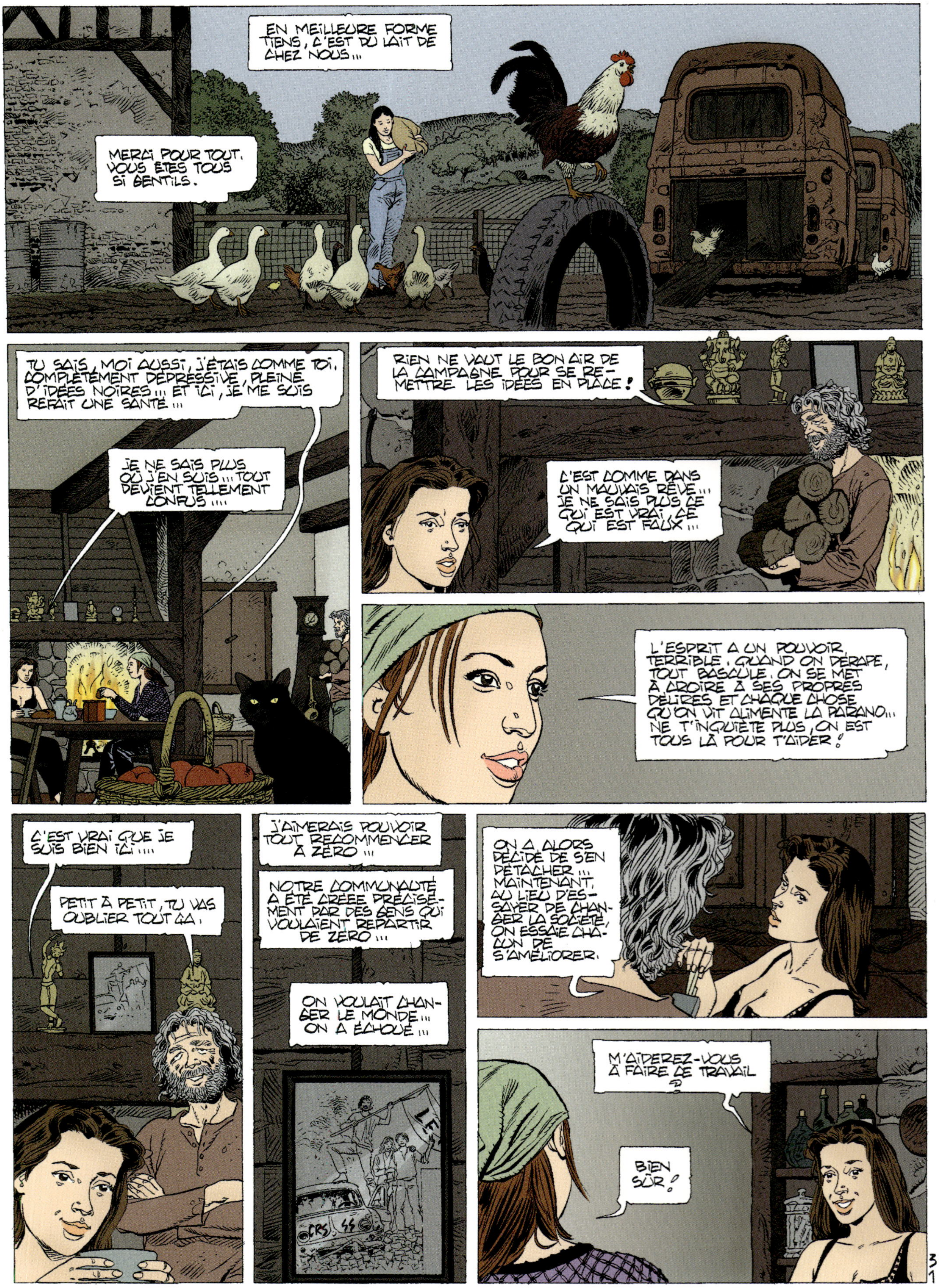
EN MEILLEURE FORME
TIENS, C'EST DU LAIT DE CHEZ NOUS...
MERCI POUR TOUT. VOUS ÊTES TOUS SI GENTILS.
TU SAIS, MOI AUSSI, J'ÉTAIS COMME TOI. COMPLÈTEMENT DÉPRESSIVE, PLEINE D'IDÉES NOIRES... ET ICI, JE ME SUIS REFAIT UNE SANTÉ...
JE NE SAIS PLUS OÙ J'EN SUIS... TOUT DEVIENT TELLEMENT CONFUS...
RIEN NE VAUT LE BON AIR DE LA CAMPAGNE POUR SE REMETTRE LES IDÉES EN PLACE !
C'EST COMME DANS UN MAUVAIS RÊVE... JE NE SAIS PLUS CE QUI EST VRAI, CE QUI EST FAUX...
L'ESPRIT A UN POUVOIR TERRIBLE. QUAND ON DÉRAPE, TOUT BASCULE. ON SE MET À CROIRE À SES PROPRES DÉLIRES ET CHAQUE CHOSE QU'ON VIT ALIMENTE LA PARANO... NE T'INQUIÈTE PLUS, ON EST TOUS LÀ POUR T'AIDER !
C'EST VRAI QUE JE SUIS BIEN ICI...
PETIT À PETIT, TU VAS OUBLIER TOUT ÇA.
J'AIMERAIS POUVOIR TOUT RECOMMENCER À ZÉRO...
NOTRE COMMUNAUTÉ A ÉTÉ CRÉÉE PRÉCISÉMENT PAR DES GENS QUI VOULAIENT REPARTIR DE ZÉRO...
ON VOULAIT CHANGER LE MONDE... ON A ÉCHOUÉ...
CRS SS
ON A ALORS DÉCIDÉ DE S'EN DÉTACHER... MAINTENANT, AU LIEU D'ESSAYER DE CHANGER LA SOCIÉTÉ, ON ESSAIE CHACUN DE S'AMÉLIORER.
M'AIDEREZ-VOUS À FAIRE CE TRAVAIL ?
BIEN SÛR !

BON, IL FAUT QUE J'AILLE ME COUCHER ...
C'ÉTAIT EXCELLENT, VRAIMENT... MAIS JE SUIS TROP FATIGUÉE POUR RESTER AVEC VOUS...
EN TOUT CAS, TU VAS DÉJÀ BEAUCOUP MIEUX. PASSE UNE BONNE NUIT, AMANDINE!
WHAT?
?
KRRR
KRRRR
NÉGATIF... ESSAYONS L'AUTRE PORTE.
SKRROOUUIII...K
C'EST BON.
MUH?
MAIS... QUI ÊTES-VOUS
EXIT! POUR VOUS SERVIR
LIGHT LEVEL

?!!
CHTOMP CHTOMP
AAH!
MAOOW
..QUOI?...
KAFKA, QU'Y A-T'IL? LAISSE-MOI DORMIR...
BON... D'ACCORD, JE TE SUIS...
MRAOU
KAFKA... ALLEZ... ÇA SUFFIT...
MAOU!
MAIS?!
SUZANNE! MON DIEU...
MORTE...
MIAOU
ON SE TIRE, KAFKA! SI ÇA, C'EST DE LA THÉRAPIE DE GROUPE, MOI, JE SUIS LE PAPE!

ATTENDS ! J'AI CRU VOIR QUELQUE CHOSE !
?
UNE FEMME ! ET ELLE SE BARRE EN COURANT.
UNE FEMME, TU DIS ? ... JE ME DEMANDE...
... À LA RÉFLEXION, NOTRE CIBLE DANS LA FERME PARAIS-SAIT PLUS DODUE...
TU CROIS QU'ON A PU SE TROMPER ?
ELLE COUPE À TRAVERS CHAMPS... PASSE-MOI LA CARTE !
ON VA EN AVOIR LE COEUR NET, MAIS D'ABORD, ON RÉ-CUPÈRE NADIA. ÇA LUI PLAIRA.
VROOOM
J'EN AI MARRE, KAFKA... J'EN AI VRAIMENT MARRE !
ET JE SUIS FATIGUÉE !
IL FAUT QUE JE TROUVE UN COIN POUR DORMIR... J'EN PEUX PLUS...
MAOOU

C'EST BIEN ELLE ...
BON .. ON S'EST MÉCHAMMENT PLANTÉS À LA FERME ...
ON VA SE RATTRAPER. ALLONS-Y !
JE VOUS RAPPELLE QUE LES INSTRUCTIONS ONT CHANGÉ, MAIS QUE CELA NE NOUS EMPÊCHE PAS DE NOUS AMUSER UN PEU.
MH ..
ALORS, AMUSONS-NOUS !
HHMPF
ALLEZ, KAFKA ... CHERCHONS UN COIN TRANQUILLE ...
?
KRAK
BANG!
MRRAAAAW
... KAFKA ?

BRAVO, Mlle WELLS ! EXCELLENTS REFLEXES...
MRÂÂÂÂW
HÉ?!
OUCH
HAN!
BAF!
HNGH... ELLE... SE BARRE..
JE M'EN OCCUPE !
MRRÂÂW
HH... INUTILE..

OH NOON
CHKLONG
MAIS C'EST PAS VRAI !
KRRAAAAK
BON SANG
KLONG KLONG
SALOPERIE DE SALOP..
KRRR
KRRAAAK !
TOMPOOOOH
HA ! HA ! HA !
TU DEVRAIS T'ALLÉGER ENCORE UN PEU !
HOP !
MAIS MÊME COMME ÇA, T'IRAIS PAS PLUS VITE, NI PLUS LOIN... LA CHASSE EST TERMINÉE.
ALLEZ ! DÉFENDS-TOI UN PEU !
D'ACCORD ! HAN !
HNG !
DEUXIÈME SERVICE !!
TONK !
HHH..
WOUAOU !
ALORS ? C'EST TOUT ? TU NE..
?!
TCHAK !

C'EST SÛR? ON NE PEUT PAS LA TUER?
C'EST UN ÉPERVIER, ET NOUS NE SOMMES QUE DES SERPENTS... UN ÉPERVIER NE PEUT ÊTRE TUÉ QUE PAR UN GRAND PRÉDATEUR
MRRÂÂW
ELLE NE PAIE POURTANT PAS DE MINE... ET CE SERAIT FACILE DE L'ACHEVER.
NON! ON L'EMBARQUE.
OOOH...
DOMMAGE.
ELLE REVIENT À ELLE!
ELLE FAIT VRAIMENT PARTIE DU 2ème CERCLE?
NE VOUS FIEZ PAS À SON AIR DE GENTILLE FIFILLE. ELLE A DÉJÀ TROIS MORTS À SON ACTIF...
MHH..
C'EST DUR À CROIRE, QUAND MÊME...
?
..OÙ... OÙ SUIS-JE?...
CHEZ MOI, Melle WELLS!
?
DANS MA MODESTE DEMEURE... OÙ VOUS NE POUVEZ ESPÉRER AUCUN SECOURS.
?
ET KAFKA?
TROUVEZ-VOUS LE MOMENT BIEN CHOISI POUR PARLER LITTÉRATURE?
MAIS NON, KAFKA, MON CHAT!

GREGOR VOUS A RAMENÉ VOTRE PETIT FÉLIN...
CETTE VERMINE M'A LABOURÉ LE DOS, JE VAIS EN FAIRE DES MOUFLES !
COMMENT M'AVEZ-VOUS RETROUVÉE ?
DOUTERIEZ-VOUS ENCORE DES INNOMBRABLES POSSIBILITÉS D'EXIT ?
UN MOMENT, J'AI ESPÉRÉ, OU PLUTÔT VOULU CROIRE QUE TOUT CELA N'ÉTAIT QU'UNE MASCARADE...
EXIT A POUSSÉ SUR LE PLUS FÉCOND DES TERREAUX : LE DÉSESPOIR HUMAIN... NOUS COMBLONS L'UN DES PRINCIPAUX PROBLÈMES DE NOTRE SOCIÉTÉ MODERNE : DONNER UN SENS À SA VIE. MÊME SI NOS MÉTHODES SONT UN PEU... BRUTALES !
ÇA NE ME DIT PAS COMMENT VOUS M'AVEZ RETROUVÉE...
...EXIT A DES YEUX PARTOUT...
ET SI JE VOUS DEMANDAIS DE SORTIR MON NOM DE VOTRE FICHIER ?
AH, MAIS IL EST TROP TARD, CHÈRE AMANDINE... VOUS AVEZ FRANCHI LE POINT DE NON-RETOUR.
MAINTENANT, EXIT SE SENT DES DEVOIRS À VOTRE ÉGARD...
VOUS NOUS AVEZ DEMANDÉ DE VOUS AIDER À MOURIR EN BEAUTÉ, NOUS TIENDRONS NOTRE PROMESSE !

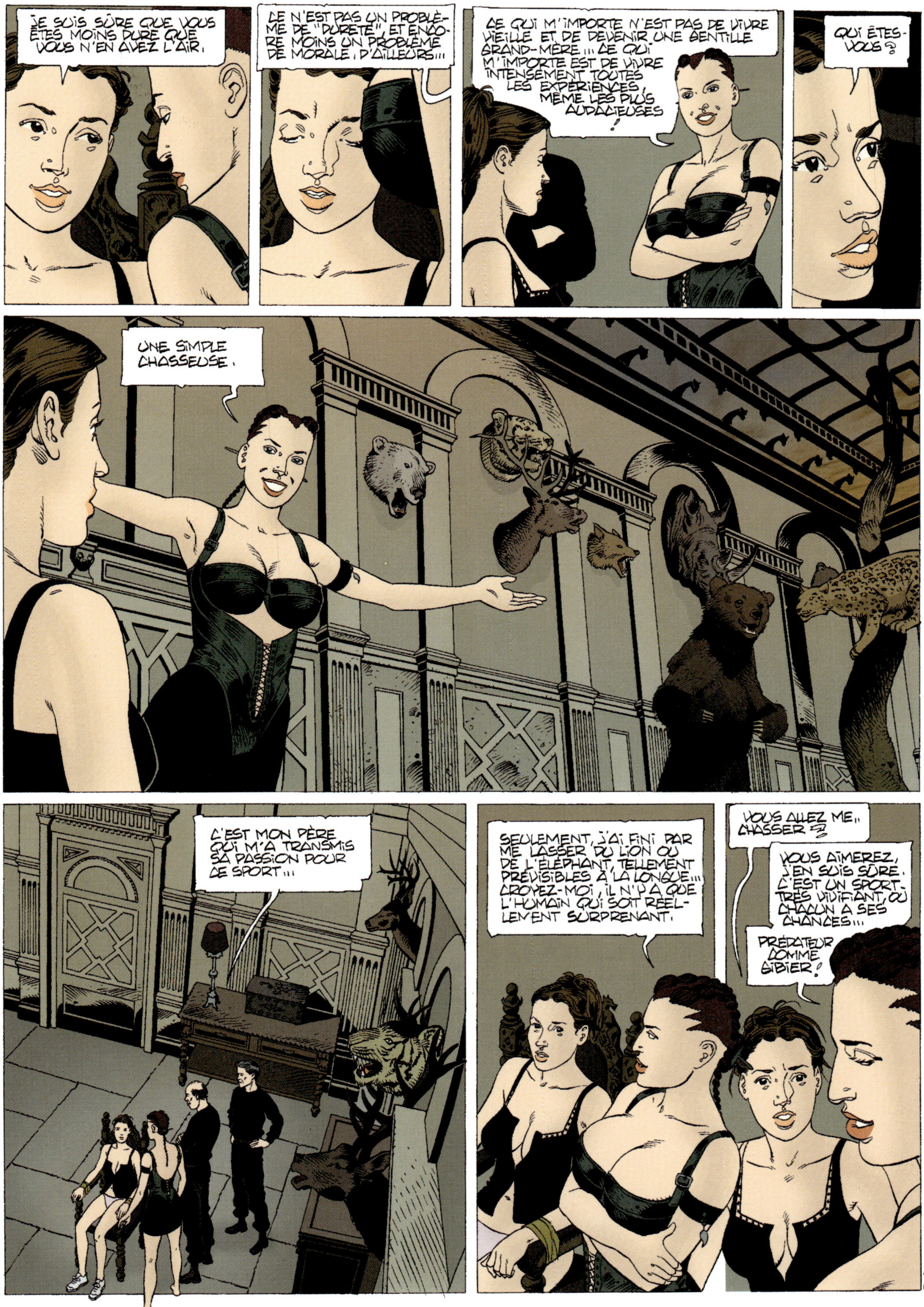
JE SUIS SÛRE QUE VOUS ÊTES MOINS DURE QUE VOUS N'EN AVEZ L'AIR.
CE N'EST PAS UN PROBLÈME DE "DURETÉ", ET ENCORE MOINS UN PROBLÈME DE MORALE, D'AILLEURS...
CE QUI M'IMPORTE N'EST PAS DE VIVRE VIEILLE ET DE DEVENIR UNE GENTILLE GRAND-MÈRE... CE QUI M'IMPORTE EST DE VIVRE INTENSÉMENT TOUTES LES EXPÉRIENCES, MÊME LES PLUS AUDACIEUSES !
QUI ÊTES-VOUS ?
UNE SIMPLE CHASSEUSE.
C'EST MON PÈRE QUI M'A TRANSMIS SA PASSION POUR CE SPORT...
SEULEMENT, J'AI FINI PAR ME LASSER DU LION OU DE L'ÉLÉPHANT, TELLEMENT PRÉVISIBLES À LA LONGUE... CROYEZ-MOI, IL N'Y A QUE L'HUMAIN QUI SOIT RÉELLEMENT SURPRENANT.
VOUS ALLEZ ME... CHASSER ?
VOUS AIMEREZ, J'EN SUIS SÛRE. C'EST UN SPORT TRÈS VIVIFIANT, OÙ CHACUN A SES CHANCES...
PRÉDATEUR COMME GIBIER !

COMME VOUS LE DÉCOUVRIREZ ASSEZ VITE, NOUS SOMMES SUR UNE ÎLE...
C'EST UN TERRAIN DE CHASSE IDÉAL. DES BOIS, DES ROCHERS, DES FOURRÉS... VOUS POURREZ VOUS CACHER, PRÉPARER DES PIÈGES, ESSAYER DE ME TUER. CAR VOUS AUREZ UNE ARME.
VOUS AVEZ TROP VU LES CHASSES DU COMTE ZAROFF !
EN EFFET, C'EST CE FILM, QUI M'A DONNÉ L'IDÉE DE CES BATTUES TRÈS SPÉCIALES...
MAIS DANS MA VERSION, À CHAQUE FOIS ON RÉÉCRIT LE SCÉNARIO, ET ON EN IGNORE LA FIN.
CHOISISSEZ VOTRE ARME. IL N'Y A PAS D'ARMES À FEU. JE NE LES AIME PAS. ELLES ÉCOURTENT LE PLAISIR DE LA TRAQUE...
ÇA...
POURQUOI PAS... VOUS AVEZ MÊME UNE VISÉE LASER EN OPTION.

IL N'Y A QU'UN MOYEN DE SORTIR DE L'ÎLE, C'EST PAR LE PORT QUI SE TROUVE AU SUD... MAIS PERSONNE N'Y EST ENCORE PARVENU.
J'AIMERAIS AVOIR UNE GOURDE, UN COUTEAU, UNE BOUSSOLE...
JE PRENDRAI BEAUCOUP DE PLAISIR À VOUS CHASSER. VOUS ÊTES TOUT À FAIT LE GENRE DE GIBIER QUE J'AFFECTIONNE...
ET SI ON CESSAIT CES GAMINERIES POUR SE RETROUVER AUTOUR D'UNE TASSE DE THÉ ET PARLER TRICOT OU RECETTES DE CUISINE?
VOUS ÊTES DÉCIDÉMENT ÉTONNANTE, CHÈRE AMANDINE... LA CHASSE COMMENCERA DEMAIN AU COUCHER DU SOLEIL... ET VOTRE MORT ME PERMETTRA D'ACCÉDER AU 3ème CERCLE.
IL Y A COMBIEN DE CERCLES POUR ARRIVER AU SOMMET D'EXIT?
AH ÇA... IL VOUS FAUDRA SURVIVRE POUR LE SAVOIR... PEUT-ÊTRE...
MAOUU

OÙ ALLER ?!

HÉÉ?!
KLONK
AAH!
AÏÏE
VRAAAP
QUE LA CHASSE COMMENCE!

Cet album
a été achevé d'imprimer
en septembre 2002
sur les presses de l'imprimerie Pollina,
à Luçon
pour la SEFAM.

Dépôt légal : juillet 2000
N° d'édition : 21166
N° d'impression : L 87880-B